—— 99%英語母語人士每天都在使用 ——
最強大的英文會話表現大公開

每天使用頻率破億次！
外國人公認最常用的
英語會話就這些！

每天使用頻率破億次！
外國人公認最常用的
英語會話就這些！

實際在生活中用不到的教條式句子、

加入新造詞或俚語，無法被標準化的句子、

胡亂交錯地使用網路上無根據的英文和教科書上的句子，

使用上述這些句子，不但給人不自然的感覺，更可能使對方感到尷尬甚至不悅。

本書是我透過在當地的長久居留得到的經驗與驗證，而編寫成的書。

在紐澤西一家便利商店打工的大學生

在紐約一家汽車零件公司上班的上班族

每週在聖地牙哥海邊享受衝浪的設計師

在南加州經營好幾個大型商場的企業人士

甚至已經過世的好萊塢明星……

我每年與將近 2000 名的當地人士（客戶、熟人、語言專家）接觸，

十幾年自然而然地溝通下來，

我認為要學好語言最重要的兩點是：

1. 無論年齡、姓名、職業、社會地位為何，他們的語言中存在有反覆使用的共通句子與模式。

2. 這種使用頻率非常高的句子是有限的。

IMPORTANT：

透過自然而然地溝通所收集的資料，
與從事前準備好的面談、影片、書本等收集得來的資料是完全
不同的，無論在質的方面或是內容豐富性方面。

這樣收集而來的核心句子與模式（Core Expressions and
Patterns），是經過仔細的分析與慎重的審查後，

1. 按優先順序再次篩選
2. 透過各種情境模擬測試
3. 最後與當地母語人士互相印證

本書書名的由來，便是以這種方式所誕生的，
希望能讓您收穫滿滿。

Eugene G. Baek敬上

My love goes out to:
親愛的母親
所有工作人員、助教、學生們
以及協助本書出版的所有人士
I couldn't have done this without you.
Thank you all for your unconditional love and support.

200% 快速吸收本書內容的方法：

#使用頻率破億次的英語會話

每個句子按照相關性或使用順序來排序。

警告：更正後的句子若只用眼睛看過一遍，

在需要用到時絕對無法自然而然地從嘴巴中說出來。

必須大聲說出 + 模擬情境 + 無限反覆，即使不自在也要這麼做。

建議可以組讀書會，和朋友一起實際演練。

#Tip 每個句子都有使用情境、語調、單字、文法、例句等說明。

比起一味地背誦，理解句子裡的單字、文法結構更重要。

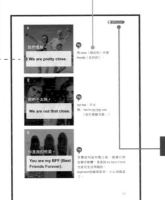

MP3

本書附有外師發音 MP3，可透過相關設備播放，或複製到手機聆聽。

雖然知道自己的錯誤在哪裡很重要，但更要清楚正確的發音和語調，因此建議要不斷地反覆重聽。

目錄

1 人際關係

2 心情

3 場所

4 身體

5 時間與季節

Bonus

從現在開始，不會只說

「 **I'm fine. Thank you. And you?** 」 ！

1 人際關係

現在這些句子都可以用英文流利自然地說囉！

你這樣還是我朋友嗎？

別在裝矜持了！

你有交往的人嗎？

你有愛過我嗎？

這是誰呀！

改天吃個飯吧！

週末就這樣過了。

別掛電話。

突然有事。

好像是常聽到的名字？

使用頻率破億次

朋友

只要是很親的朋友無論年齡都可以只叫名字。
差不多年紀的同性朋友可以這樣稱呼：
女生：Girl, Honey, Sweetie, etc.
男生：Buddy, Pal, Dude, Man, Mate, Brother,
Bro, Son, Boy, Cousin, Dawg, etc.

嘿，朋友是用來做什麼的？

Hey, what are friends for?

意思是「朋友是為了什麼而存在？」
例：說服對方時所用的加強語氣；
或是對方聽取建議後，表現出自
豪、理所當然的態度。

朋友就是該這樣。

That's what friends are for.

意思是「朋友是為了～而存在」。
例：用於對方聽從建議時，表現出
自豪、理所當然的態度。

我們認識這麼久了。

We go way back.

way：非常、很久
表示「我們的關係可追溯到很久
的過去」。

4

我們很熟。

We are pretty close.

Tip

用 close（親近的）代替
friendly（友好的）。

5

我們不太熟。

We are not that close.

Tip

not that：不太
例：You're <u>not that</u> cute.
（你不那麼可愛。）

6

你是我的死黨。

You are my BFF (Best Friends Forever).

Tip

其實這句話有點土氣，建議只用
在聊天軟體，直接説 my best friend
也是完全沒問題的。
boyfriend 的縮寫是 BF，小心別搞混
了。

交個朋友吧！

Let's be friends.

 Tip

因為不是單方面交朋友，所以用
friends（複數）。

她是我朋友的朋友。

She's my friend's friend.

 Tip

也可用複數。
例：<u>They are</u> my friend's <u>friends.</u>
　　（他們是我朋友的朋友。）

話說我認識一個人……

There's this guy I know.

 Tip

提起朋友的相關事情時的開場白。
男性朋友：this guy 或 this gentleman
女性朋友：this girl 或 this lady

10

我有一些男性朋友。

I have guy friends.

Tip

單純的男性朋友：male friend 或 guy friend

單純的女性朋友：female friend

11

你這樣還是朋友嗎？

And you call yourself a friend?

Tip

a friend 可替換使用。

例：And you call yourself a man？
（你這樣還是男人嗎？）

12

不用擔心，我在你後面。

Don't worry.
I got your back.

Tip

表示「我在你後面撐著。」

例：支援要去打架的朋友時。

現學現用

看到句子立即用英文說出來，答案在下面。

1. 他們很熟。

2. 他們不太熟。

3. 我有一些女性朋友。

4. 你這樣還算老師嗎？

5. 話說我認識一個女生…

答案

1. They are pretty close.
2. They are not that close.
3. I have female friends.
4. And you call yourself a teacher?
5. There's this girl I know.

使用頻率破億次

戀愛1

心動、相親、曖昧、劈腿⋯⋯
只要與戀愛相關的，全世界都一樣，
有保守的人、劈腿的人、也有浪漫的人
真是形形色色的人都有啊！

別再欲擒故縱了！

Stop playing hard to get!

play hard to get：很難得到→（戀愛關係）欲擒故縱

例：Hailey is playing hard to get.
（Hailey 在欲擒故縱。）

我討厭曖昧。

I hate playing mind games.

play mind games：玩心理遊戲→（戀愛關係）曖昧

意思是曖昧也是一種心理戰。

把他介紹給我吧！

Hook me up with her.

hook A up with B：把 A 和 B 連結起來→介紹

例：I hooked him up with Mia.
（我把他介紹給 Mia 了。）

4

她名花有主了。

She's taken.

 Tip

這是使用被動態 taken（佔領）的
用法。
例：Is he taken?
（他有女友了嗎？）

5

你是在撩我嗎？

Are you flirting with me?

 Tip

flirt with someone：挑逗某人
並非總是負面意思，也有藉由身
體接觸、性暗示或是職業禮儀等
表示關心。

6

我有對象了。

I'm seeing someone.

 Tip

see 可以指正在交往或是處於互相
了解的階段。

你不是我的菜。

You're not my type.

 Tip

style 用於想法或物品，對人則是用
type。
例：This skirt is my style.
（這件裙子不是我的風格。）

你太可惜了。

You can do better.

 Tip

表示朋友的約會對象不怎麼樣
（只限於很親密的朋友）
比「你可以遇到更好的人」的語
氣再差一點。

他是高手。

He's a player.

 Tip

player：指輕易就能吸引異性或製造
誤會的人。與 cheater（劈腿的人）
意思不同。

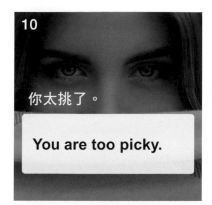

10

你太挑了。

You are too picky.

Tip

pick：挑選
picky：挑剔
表示「你太挑剔了」。

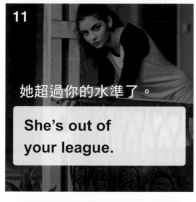

11

她超過你的水準了。

She's out of your league.

Tip

out of someone's league：超過某人的
水準
類似「你是弱勢，她是強勢」的
感覺。

12

你的初戀是誰？

Who's your first love?

Tip

puppy love：小時候純純的愛
love at first sight：一見鍾情
unconditional love：無條件的愛

現學現用

1. 你在欲擒故縱嗎？

2. 你把你妹妹介紹給我。

3. Anna名花有主了。

4. Brian不是我的類型。

5. 你是高手耶！

#答案

1. Are you playing hard to get?
2. Hook me up with your sister.
3. Anna is taken.
4. Brian is not my type.
5. You are a player!

使用頻率破億次
愛的告白

關於愛的告白
他們不說「交往吧！」
而是在類似的語氣下自然地開始。
I like you.（我喜歡你）→ 有點模糊
I love you.（我愛你）→ 非常深入
I'm interested in you.（我對你感興趣）→ 攻防戰
Do I love you?（我愛你嗎？）→ 這連回答都不用

1

我有話想說……

I have something to say.

Tip

confess（承認錯誤）或小心警戒時使用。
例：I have something <u>to confess.</u>
　　（我有想承認的…）

2

不知道該從何說起。

I don't know where to begin.

Tip

也可用 start 代替 begin。

3

你有對象了嗎？

Are you seeing anyone?

Tip

即使對方的答案是 "Yes"，see 的意思也可能是正在約會、互相了解的階段。

4

我想和你進展到朋友以上。

I want to be more than friends with you.

Tip

因為不是單方面，所以使用
friends（複數）。

5

我陷進去了。

I'm into you.

Tip

be into someone/something：迷上某
人或某事物
例：I'm into hip hop.
　　（我迷上 hip hop 了。）

6

我以前單戀你。

I used to have a crush on you.

Tip

have a crush on someone：單戀某人
若對方問 "And now？"（那現在
呢？），那麼就恭喜啦！

27

7

我們是什麼關係？

Is there something between us?

Tip

意思是想整理兩人模糊的關係。

8

我們有很多共同點。

We have a lot in common.

Tip

have a lot in common：很多共同點
雖然間接，但也是很不錯的傳達
心意的方式。

9

乾脆直接提出交往吧！

Just ask her out!

Tip

ask someone out：向某人要求交往，
提出約會。
例：I asked her out.
　　（我向她提出交往要求。）

你們在一起了嗎？

Are you guys together?
Are you guys going out?

 Tip

go out：交往、約會、出去玩
無論男女都可以用 you guys 或 you two。

我們在一起 2 年了。

We've been together for 2 years.
We've been going out for 2 years.

 Tip

可更換時間應用。
例：We've been together for 6 months.
　　（我們在一起 6 個月了。）

我們很合。

We just clicked.

 Tip

click 在這裡是對話或感覺彼此投合的意思。

看到句子立即用英文說出來，答案在下面。

1. 我迷上爵士了。

2. 我沒有迷戀你。

3. 我單戀過老師。

4. 你向她提出交往了嗎？

5. 我們在一起 5 年了。

#答案

1. I'm into jazz.
2. I'm not into you.
3. I used to have a crush on my teacher.
4. Did you ask her out?
5. We've been together for 5 years.

使用頻率破億次

戀愛2

有相遇，也有分手
在外國也是如此。

1

我被甩了。

I got dumped.

Tip

這裡使用 dump（丟掉）的被動態。
"I got kicked." 是指真的被腳踢了。

2

你有愛過我嗎？

Do you love me at all?

Tip

at all：就算是一點
例：Did you eat at all?
（你多少有吃了一點嗎？）
直譯就是「你多少有愛我一
點嗎？」

3

我們沒有一點合得來的。

We have nothing in common.

Tip

have nothing in common：沒有共通點
這是分手時最常用的第一名藉
口，英語圈也不例外。

我們結束了！

I'm through with you!
I'm done with you!

be done/through with someone：和某人的關係結束了
另外一個更廣泛的說法是 It's over。

我和他分手了。

I broke up with him.
I split up with him.

split up（分開）與 break up（分離）不同，多用於悔婚、離婚等嚴重的情況。

我被放鴿子了。

I got stood up.

這裡使用 stand someone up（讓某人站著）的被動態。

7

他劈腿了。

He cheated on me.

Tip

Cheat on someone：對某人不忠。
若要表示和誰劈腿，在後面加 with
someone 即可。
例：She cheated on me with James.
（她和 James 劈腿了。）

8

忘了她吧！

Get over her!

Tip

get over someone/something：
擺脫、忘掉某人/某事物
例：I can't get over him.
（我忘不了他。）

9

你值得更好的人。

You deserve a better guy.

Tip

deserve something：值得～
例：You deserve this award.
（你值得這個獎。）
當朋友和戀人不和平分手時
常用的安慰用語。guy可用 girl,
man, woman, person 替代。

10

我們復合了。

We're back together.

Tip

back together：復合
例：Are you guys <u>back together</u>?
　　（你們復合了？）
和戀人復合時，可和朋友這樣說。

11

我受傷了。

I got burned.

Tip

用於被背叛、劈腿等受到嚴重傷
害的情況。

12

只要劈腿過一次就會再犯。

**Once a cheater,
always a cheater.**

Tip

cheater：
劈腿的人、背叛者。

看到句子立即用英文說出來，答案在下面。

1. 你多少有唸一點書嗎？

2. 我和男友結束了。

3. 我和女友分手了。

4. Perry 昨天被放鴿子了。

5. 不要對我不忠。

#答案

1. Do you study at all?
2. I'm through with my boyfriend.
3. I broke up with my girlfriend.
4. Perry got stood up yesterday.
5. Don't cheat on me.

使用頻率破億次
問候

跑步、搭電梯、在家附近的超市結帳……
只要眼睛對視就需要打招呼，
次數可能會多到令人厭煩，
所以一定得熟悉打招呼的用語才行喔！

拜拜（掛電話時）

Bye.
OK. I got to go.

"I got to go.（我得掛了）" 給人直接、冷淡的感覺。

再見。（使用外來語）

Adios.
Ciao.

西班牙語 Adios. = Goodbye.
義大利語 Ciao. = Goodbye
不建議在重要的場合中使用。

再見。（較正式）

Goodbye.
So long.
Farewell.

用於較正式的場合或書面體，看情況也可用於較親近的關係。

10

再見。（關懷的口氣）

**Have a good one/day/
evening/night.
Take care.
Take it easy.**

Tip

"Have a good one."（祝你有個美好
的一天）任何時間都可使用。
Take care. / Take it easy. = 保重

11

再見。（有俚語的感覺）

**I'm out! / Peace!
Peace out! / One!
Holla at ya later!**

Tip

這些都表示「我走啦！」，可看
情況用於熟人之間，但小心可能
會有肉麻的感覺喔！

12

何時出來聚聚吧！

**Let's catch up
sometime.**

Tip

catch up：聚在一起聊天，通常目的
是聊天而不是吃飯。

問候回應範例

MP3/011

Case 1：你好

Hello. / Hi.

回答範例：
同樣回應 Hello / Hi
之後再說 "How's it going?" 等。

Case 2：過得如何？

How are you? / How are you doing? / How's it going?

回答範例：
非常好。（Couldn't be better.）
一切都很好。（I'm good. / Everything's good. / Pretty good.）
還可以。（I'm alright.）
還在撐。（I'm hanging in there.）

Case 3：怎麼了？

What's going on? / What's happening? /
What's up! / What's going down?

回答範例：
沒事。（Nothing. / Nothing much.）
還是老樣子。（Same old. Same old.）
若有新消息就可開始話題。

Tip+1

與不認識的人對視，對方若打招呼的話，可簡單回答
"Hello. / Hi. / How's it going?"。

使用頻率破億次
好久不見

與某人好久不見時
雖然也可使用平時常用的問候語，
但因為是喜歡強烈語氣的文化
可用較誇張的口氣和手勢，
絕對會加分喔！

1

好久不見！

It's been forever!
It's been ages!

Tip

厭倦説 "It's been a long time!" 時，
可用看看。

2

好久不見！

Long time no see!
Long time no talk!

Tip

與 #1 同義。
"Long time no talk." 用於好久沒通
電話時。

3

你一點都沒變呢！

You haven't changed
a bit!

Tip

a bit = a little bit：一點
人的外表不可能沒變，所以這是
禮貌的客套話。

44

這是誰呀！

Look who's here!

Tip

不管是不是高興見到，都可使用。
比起在街上，更常用於有人找來
時。
例：未期待的朋友來到派對時。

這是誰呀！

**Look what the cat dragged in.
Look what the cat coughed up.**

Tip

通常用於見到不歡迎的人時，類
似貓咪叼著髒東西進來時的感覺。

世界真小啊！

What a small world!

Tip

偶然遇到意想不到的人所使用的
感嘆詞。

7

過得如何？

How have you been doing?
How have you been?
How's everything?

Tip

口語中經常省略have。
例：How you been doing?
　　How you been?

8

最近在做什麼？

What are you up to these days?

Tip

更輕鬆一點的說法是 " So, what's up?"

9

父母過得好嗎？

How are your parents?

Tip

問候第三者，可把 your parents 改成其他人。
例：How is your girlfriend?
　　（女友過得好嗎？）
　　How are your brothers?
　　（你的兄弟們過得好嗎？）

10

你怎麼都沒打電話給我？

How come you never call me?

 Tip

How come +（敘述句）？＝
怎麼（敘述句）呢？
例：How come you don't like me?
（你怎麼都不喜歡我呢？）

11

你動過鼻子了？

Did you get your nose done?

 Tip

某個部位變得不同時可說這句話。
例：Did you get your hair done?
（你弄過頭髮了？）

12

幫我向他打招呼。

Tell him I said hi.

 Tip

hello 比 hi 感覺更正式一點。
例：Tell your parents I said hello.
（幫我向你的父母問好。）

現學現用

1. 你姊姊過得如何？

2. 你的孩子們過得好嗎？

3. 你怎麼都沒吃炸雞呢？

4. 你動過眼睛了？

5. 幫我向你哥哥問好。

#答案

1. How is your sister?
2. How are your kids?
3. How come you don't eat chicken?
4. Did you get your eyes done?
5. Tell your brother I said hi.

使用頻率破億次
週末

< 星期一 9:00 AM >
從哀悼逝去的週末開始正式對話
< 星期一 9:30 AM >
從新的週末計畫開始熱切討論
< 星期一 10:00 AM >
還有星期一症候群（Monday Blues）

西洋人也不例外啊！

49

現學現用

1. 我的星期六就這樣過了。

2. 還有兩天就到我的生日了。

3. 你今天晚上要做什麼？

4. 你明天有約會嗎 ？

5. 感謝今天是星期六！

#答案

1. There goes my Saturday.
2. Two more days till my birthday.
3. What are you doing tonight?
4. Do you have any plans for tomorrow?
5. Thank God it's Saturday!

使用頻率破億次

電話

害怕用英文講電話的最大原因
就是看不到對方嘴型或表情。
"Hello?"
這些句子的使用頻率最少有 3 億次，
所以更要格外用心練習。

其他的常用句子

Case 1：我是 Lance。（正式）

| This is Lance speaking.

Case 2：Teddy 在嗎？

| Is Teddy there?
| Can I talk to Teddy?

Case 3：請問是誰？

| Who is this?

Case 4：請問是哪位？（正式）

| May I ask who's calling?

Case 5：我是 Alice。

| This is Alice.

Case 6：Teddy 不在。

| Teddy is not here.

Case 7：Jackson 現在不在。（正式）

| Mr. Jackson is not available now.

Case 8：你要留言嗎？

| Would you like to leave a message?
| Can I take a message?

Case 9：我下次再打。

| I'll just call back later.

Case 10：你可以請他 / 她回電嗎？

| Could you have him / her call me back?

使用頻率破億次
約時間

外國人很重視約會的時間和日期，
如果無法守時，就可能引起大麻煩，
特別是生意場合。
並不是因為不守時，而是對方可能會懷疑你的誠信，
當然，也不是完全沒有彈性的。

我會準時的。

I'll be on time.

on time：準時

我遇到塞車了。

I'm stuck in traffic.

stuck：困住
被工作困住是 "I'm stuck at work."
被討厭的人困住是 "I'm stuck with Steve."

你怎麼這麼久？

What took you so long?

Take：花（時間）
這句意思是為何花了這麼久的時間。

10

我好像不能去了。

I don't think I can make it.

 Tip

make it：及時趕到
這句意思是好像無法及時趕到。

11

慢慢來。

Take your time.

 Tip

take one's time：從容、慢慢地來
例：I took my time.
　　（我不急不忙地地做了。）

12

發生了一些事。

Something has come up.

 Tip

加上 suddenly（突然）可加強語氣。
例：Something has <u>suddenly</u> come up.
　　（突然有事）。

現學現用

1. 你在路上嗎？

2. 我在去學校的路上。

3. 你遲到了！

4. 我會晚到 5 分鐘。

5. 我會晚到 1 小時。

#答案

1. Are you on your way?
2. I'm on my way to school.
3. You're late!
4. I'll be 5 minutes late.
5. I'll be an hour late.

使用頻率破億次

姓名

請熟悉與姓名有關的句子，
特別是與拼法和發音相關的句子，理由如下：
1. 在意姓名拼法和發音的外國人意外地多。
2. 中文姓名拼法無法輕易辨識。
3. 就算是相同姓名，拼法和發音也可能不同。

1

我很不會記名字。

I'm terrible with names.

Tip

也可以把名字（names）換成臉
（faces）。

2

你的名字怎麼拼？

How do I spell your name?

Tip

如果不是典型的英文名，最好先
問一下拼法。

3

你的名字怎麼發音？

How do I pronounce your name?

Tip

用於知道拼法，但不確定發音的
情況。

4

你的名字我發的正確嗎？

Did I pronounce your name correctly?

Tip

對方第一次問自己的名字時，禮貌上也要主動詢問相同問題。

5

你可以再說一次你的名字嗎？

What's your name, again?
I didn't catch your name.

Tip

用於無法一次就聽清楚對方名字的情況。

第一個句子較不正式，更常被使用。

6

你的名字聽起來很熟悉。

Your name sounds familiar.

Tip

familiar：熟悉的
sound +（形容詞）= 聽起來（形容詞）
例：His voice sounds sexy.
　　（他的聲音聽起來很性感。）

你的名字是誰取的？

Who gave you your name?

不一定要使用 name（取名字）這個動詞。

你的名字是什麼？

I didn't get your name.

用於已經見過對方，但不知道名字的情況。

我不想說名字，但 ~

I won't name names but ~

I won't say names but ~

用於要提到錯誤，但不想說出名字的情況。放在句子最前面使用。
例：I won't say names but someone stole my shoes.
（我不想說名字，但有人偷了我的鞋子。）

70

10

請在這裡寫下你的名字。

Put your name on it.

 Tip

填寫資料時，最常聽到的句子。

11

叫我 Tom 就好。

Just call me Tom.

 Tip

名字若發音困難，可事前準備。

例：My name is Byungjin but just call
me Jin.

（我的名字是Byungjin，叫我 Jin
就好。）

12

Romance完全是我的專長。

**Romance is my
middle name.**

 Tip

意思是非常擅長某事，好到可當
作名字的一部分。

romance 可替換成其他字。

例：Sarcasm is my middle name.

（挖苦完全是我的專長。）

現學現用

看到句子立即用英文説出來，答案在下面。

1. 我很不會記臉。

2. 叫我 Jen 就好。

3. 足球完全是我的專長。

#答案

1. I'm terrible with faces.
2. Just call me Jen.
3. Soccer is my middle name.

使用頻率破億次

臉書

這些句子可用在使用者多的社群網站，
例如：Facebook，
也可用於各種平台。

1

你有用臉書嗎？

Are you on Facebook?
Do you use Facebook?
Do you have a
Facebook account?

Tip

也可把 Facebook 換成 Instagram 等。

2

用臉書聯絡我。

Facebook me.

Tip

意思是私訊或貼文回覆（雙方都有用臉書時）。

3

我現在不用臉書了。

I don't use Facebook
anymore.

Tip

若幾乎不用，就可說 "I rarely use Facebook."

加我臉書吧！

Friend me on Facebook.

 Tip

這裡的 friend 當動詞用。
正式說法：Add me as your friend.
（加我為臉書好友。）

我刪除他了。

I unfriended him.

 Tip

若自己遭到刪除，就是
"She unfriended me."
若是"封鎖"，動詞則改成 block。
例：She blocked me.
　　（她封鎖我了。）

謝謝加我好友。

Thanks for friending me.

 Tip

正式說法：Thank you for adding me as a friend.

我封鎖你了。

I'm blocking you.

使用<be ~ing>，語氣更為強烈。

拜託回覆一下！

Leave some comments!

貼文回覆不是 reply，
而是 comment。

你說這是你？

**Are you saying
this is you?**

以 "Are you saying" 開始的問句，
給人不信任的感覺。
例：Are you saying you have a
　　girlfriend?
　　（你說你有女朋友）？

我討厭已讀不回。

I hate lurkers.

 Tip

lurkers 是網路用語，指已讀不回的人。

請追蹤我的臉書。

Follow me on Facebook.
Like me on Facebook.

 Tip

網站類的介系詞使用 on。
例：I saw your picture on Facebook.
　　（我在臉書上看到你的照片。）

在臉書上找我看看。

Find me on Facebook.
Look me up
on Facebook.

 Tip

在這種情況，find（找尋）和
look up（查詢）的意思相通。

現學現用

看到句子立即用英文說出來，答案在下面。

1. 我現在不用 Instagram。

2. 你用 Kakao Story 嗎？

3. 你說這是你姊姊？

4. 在臉書上找找看。

5. 我幾乎不用 Twitter。

#答案

1. I don't use Instagram anymore.
2. Do you use Kakao Story?
3. Are you saying this is your sister?
4. Find 마유영어 on Facebook.
5. I rarely use Twitter.

2 心情

如果沒有你，我不知道我會做出什麼事。

你太過獎了。

你惹錯人了。

我不是故意的。

你會遇到更好的人。

我收回這句話。

你對不起什麼？

啊，心情不好！

喔耶！

無法再忍了！

使用頻率破億次
感謝

總不能一輩子只會說 "Thank you ！" 吧！
這樣不行呀！
懂得表達感謝總是能帶來意想不到的機會，
這些機會比你想像得收穫多更多。

這該如何感謝你才是啊？

How can I ever thank you?

正式程度（高）
可讓對方感到人情味及真心。

不足以表達我的謝意。

I can't thank you enough.

正式程度（高）
與 #1 相同程度的感謝。

非常感謝。

**Thank you.
I appreciate it.**

建議直接把 "Thank you." 和 "I appreciate it." 背起來，也經常使用於非正式場合。

4

全部都很感謝。

Thank you for everything.

Tip

正式程度（中）
這句也是強力推薦！

5

非常感謝。

Thanks a bunch.

Tip

正式程度（低）
厭倦說 "Thanks a lot." 時就可使用
這句。語氣比較輕鬆，在正式場
合裡要小心使用。

6

謝啦！

Thanx.

Tip

正式程度（低）
"Thanks." 的俚語說法。
"Thx." 是縮寫。

7

非常謝謝。

Many thanks.

正式程度（中）
比起口語，更常用於文章結尾。

8

謝謝你說好話。

Thank you for your kind words.

正式程度（中）
當對方稱讚或擔心時，簡單回應
以表示謝意。

9

不用這麼麻煩的。

You shouldn't have. You shouldn't have gone to the trouble.

正式程度（中）
shouldn't have p.p.：不需要～的
go to the trouble：辛苦、麻煩
例：Thank you for going to the trouble.
（謝謝你的辛苦。）

10

如果沒有你，我不知道我會做出什麼事。

I don't know what I would've done without you.

Tip

正式程度（中）
would have p.p.：可能會做～
語氣類似「幸好有你......」。

11

如果沒有你，我可能無法做到。

I couldn't have done this without you.

Tip

正式程度（中）
couldn't have p.p.：可能無法做到～
例：I couldn't have passed it without your help.
（沒有你的幫忙，我可能無法通過。）

12

只用「謝謝」無法表示我的謝意。

To say "Thank you" is such an understatement to express my gratitude.

Tip

正式程度（高）
雖然句子有點長，但足以感動對方。

類似「不客氣」的回應語句：

Case 1：You're welcome.（正式）

Case 2：Don't mention it.（正式）

Case 3：Don't worry about it.（非正式）

Case 4：No problem.（非正式）

Case 5：It's not a big deal.（非正式）

Case 6：Anytime.（非正式）

Case 7：No worries.（非常不正式）

Case 8：No sweat.（非常不正式）

Case 9：Sure.（非常不正式）

Case 10：You got it.（非常不正式）

使用頻率破億次

稱讚

總不能一輩子只說 "Good job!" 吧！
這樣不行呀！
外國有強調誇張反應的文化，
即使是小事，也能聽到非常誇張的稱讚，
既然如此，我們也入境隨俗吧！
稱讚可是會讓美國人非常高興的！

1

你超強！（男女適用）

You rock!
You rule!

Tip

這裡的 rock 和 rule 都是動詞，表示「強、厲害」。
相反地，" You suck. " 或 " You stink. " 的意思是「你很弱」。

2

你做得很棒！（男生專用）

You are the man!
That's my man!
That's my boy!

Tip

" You are the man! " 使用上最沒問題，其餘的建議等彼此熟悉後再使用。

3

妳做得很棒！（女生專用）

That's my girl.
You go, girl.

Tip

建議這兩句都等到熟悉後再用。

4

你做到了！

You made it!
You pulled it off!
You did it!

make it / pull it off：做到、成功
例：朋友通過歌手試唱、同事完
成馬拉松比賽時。

5

你值得這個。

You deserve it.

it 指工作獲得的獎、金錢、升職等
補償，經常用於對方謙虛時的回
應。

6

這是你應得的。

You've earned it.

earn 與 get 意思不同，是指因努力而
得到的結果。

7

向你表示尊敬。

Hats off to you.

直譯是「向你脫帽致意」，適用正式場合或是看情況使用。

8

做得好。

Well done.
Good work.
Way to go.

厭倦說 " Good job. " 時可使用。

9

繼續保持！

Keep it up!
Keep up the good work!

keep up：繼續下去
稱讚到目前為止做得好的事。

舉起大拇指稱讚！

Two thumbs up!

 Tip

比起直接稱讚對方，這句更常被
用在電影評論等文章裡。

做得好。

Good try.

 Tip

對方失敗時，可用來安慰對方。
"Nice try." 雖然意思相近，但隨著
語調不同，也可能是表示「雖然
你想騙我，但沒騙到」。

就是這樣！

**That's what I'm talking
about!
There you go!**

 Tip

對方成功做到自己的期待時使用。
比 #8 語氣更強烈一點。

如何更快熟悉稱讚的說法呢？

答案：多多稱讚對方。

在下面的情境中，開口實際演練看看～
沒有固定的正確答案。

Case 1 妹妹：哥哥，我通過試鏡了！

Case 2 哥哥：妹妹，我找到工作了！

Case 3 職場後輩：以後也會努力的！

Case 4 足球選手：啊！那球應該可以進的.....

Case 5 家教學生：老師，我這次第一名！

使用頻率破億次

回應稱讚

聽到稱讚後總不能只會說 " Thank you! " 吧！
能夠適當地回應對方的稱讚，
對方怎能不產生好感呢！
而且還是很強烈喔！

如何更快熟悉有關稱讚的回應呢？

答案：多多被稱讚。

在下面的情境中，開口實際演練看看～

沒有固定的正確答案。

Case 1：你今天怎麼了？怎麼這麼可愛？

Case 2：你捐這麼多，真是令人尊敬。

Case 3：你英文說得真好，是母語人士嗎？

Case 4：你唱歌真是藝術！是準備當歌手嗎？

Case 5：你怎麼這麼性感呢？讓人生氣呢！

使用頻率破億次

憤怒

不用罵人也可以充份表現出憤怒的情緒。
在國外對陌生人隨便使用 f 開頭的單字，
可能會招致無法承擔的後果，
請千萬不要使用喔，
而且使用這個單字也不會讓人覺得新潮。

1

不要把氣出在我身上！

Don't take it out on me!

Tip

take something out：取出
這裡的 it 是指憤怒或不耐煩。

2

你對我生氣嗎？

Are you mad at me?

Tip

mad 比 angry 語氣更弱一點，但使用
頻率較高，是語氣很強烈的單字。

3

氣死我了。

I'm pissed off.
I'm ticked off.

Tip

語氣比較接近「被氣死」，而不
是「我生氣」。

4

我豁出去了。

I lost it.

Tip

指突然失去 it（自制力）。

5

不要惹事。

Don't start.

Tip

這是 "Don't start a fight."
（不要挑事）的簡寫。
若使用冷靜的語氣，就更有威脅
感了。

6

你最好停止。

Don't go there.

Tip

警告吵架的對方別越過線。
這裡的 there 表示「不可越過的界
線」。

7

煩死了。

I'm so annoyed.
I'm so irritated.

對對方感到不耐煩時，可說 You're
so annoying.（你很煩。）

8

無法再忍了！

That's it!
That's enough!
Enough is enough!
I've had enough!

表示對方的言行已充份令人生氣。

9

你惹錯人了。

You are messing with
the wrong person.

mess with someone：
逗弄、招惹某人
例：Are you messing with me?
（你在惹我嗎？）

把話收回去。

Take it back.

Tip

take back：收回
另外 "I take it back." 是「我會收回的。」

你給我滾！

Screw you!

Tip

"Fxxk you!" 的克制版本。
對熟人感到不耐煩時經常使用。
例：朋友拿我的別名來取笑。

你快把我搞瘋了！

You're driving me nuts.

Tip

nuts：發瘋（俚語）
直譯是「你讓我陷入瘋狂狀態」。

現學現用

看到句子立即用英文說出來，答案在下面。

1. 我快被女友搞瘋了。

2. 不要把氣出在我姐姐身上。

3. 你對我們生氣嗎？

4. 我哥哥快被氣死了。

5. 我們老闆豁出去了。

#答案

1. My girlfriend is driving me nuts.
2. Don't take it out on my sister.
3. Are you mad at us?
4. My brother is pissed off.
5. My boss lost it.

使用頻率破億次

道歉

一輩子總不能只會說 "I'm sorry" 吧！
自尊心容易受傷的人，
為了維持自尊心是絕對不會先道歉的，
這是自尊心有時太過膨脹了，對吧？
那麼若自尊心不容易受傷的人先爽快地道歉呢？
用英文試試吧！

你沒有傷心，對吧？

No hard feelings, right?

Tip

這句用於和解後，但若不是小心翼翼的口氣，可能會讓人覺得是在譏笑。

對不起我太激動了。

**I'm sorry
I was worked up.**

Tip

worked up：因生氣而激動
若誤用 excited（因高興而激動）可能會吵更兇。

不要為了小事而吵架。

**Let's not fight over
little things.**

Tip

fight over someone/something：為了～吵架
例：Stop fighting over me.
（不要為了我吵架。）

10

是我的錯。

My bad.

Tip

bad 可包含 fault（錯誤）/mistake
（失誤）等所有意思。

11

你要不要和她和解？

Why don't you make up with her?

Tip

make up with someone：
和某人和解
例：Did you make up with your sister?
（你和姐姐和解了嗎？）

12

我們還是朋友，對吧？

We're still friends, right?

Tip

和 #7 類似，但只用於朋友之間，這
句也不能使用高興的語氣，否則
關係會變得更糟。

現學現用

1. 你要不要和女友和好？

2. 你要不要和姐姐和好？

3. 我和男友和好了。

4. 不要為了這個吵架。

5. 我的哥哥很激動。（因生氣）

#答案

1. Why don't you make up with your girlfriend?
2. Why don't you make up with your sister?
3. I made up with my boyfriend.
4. Let's not fight over this.
5. My brother was worked up.

使用頻率破億次

原諒

關於原諒，
大部分的人只知道：
Forgive me.（原諒我）
It's okay.（沒關係）
就沒有了。
今天開始大家就可學會 6 倍以上的相關句子了。

現學現用

看到句子立即用英文說出來，答案在下面。

1. 不接受道歉。

2. 我們今天不要吵架了。

3. 我們不要吃炸雞了。

4. 請赦免她的罪。

5. 這次就算了。

   * 用於原諒對方時

#答案

1. Apology not accepted.
2. Let's not fight today.
3. Let's not eat chicken.
4. Forgive her for her sin.
5. I'll let him slide this time.

使用頻率破億次

安慰

在流淚的朋友旁邊
總不能只說 " Don't worry. Be happy. "
這樣反而會造成關係尷尬。

如何更快熟悉有關安慰的說法呢？

答案：多多安慰對方。

在下面的情境中，開口實際演練看看～

沒有固定的正確答案。

Case 1：把炸雞忘在公車上了。

Case 2：我光今年就被劈腿 10 次了。

Case 3：嗚嗚⋯⋯

Case 4：去年買的襯衫釦子扣不上了。

Case 5：好像都是我的錯。

使用頻率破億次

感嘆

使用感嘆詞時，幾乎都是直覺反應，
不用勉強記憶，因為這需要時間累積。
每當聽到從電影、電視劇、實際生活中出現的句子，
記得模仿他們的語調是很重要的。

哈啾！

Achoo!

Tip

打噴嚏的聲音。

好吃！

Yum!
Yummy!

Tip

吃到好吃東西的聲音。
也有「看起來很好吃！」的意思。

噓！

Hush!
Shush!

Tip

用於很吵時。
"Shush！" 可能聽起來有點無禮。

4

唉呀！

Yikes!

Tip

表示驚訝與惋惜的感嘆詞。
例：看到模特兒走秀時跌倒、朋友連續被劈腿時。
千萬不可用在嚴肅的情境。
例：聽到喪事時。

5

噢！

Oops.
Oopsy.

Tip

自己不小心犯了一般的錯時使用。
例：在電梯裡放屁。

6

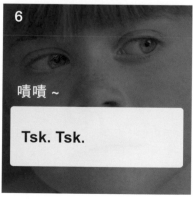

嘖嘖 ~

Tsk. Tsk.

Tip

用於不恰當或荒唐的情境。

噁～

Eww!
Yuck!

用於感到噁心或反感時。
例：聞到朋友的臭屁時、在相親時遇到無禮的行為。

哎呀！

Ouch!

感到瞬間的痛苦或聽到、看到什麼時。
例：腳趾踢到門檻。

噓～～

Boo~

喝倒采用。
發音近似「布嗚~」，若是發得快一點、強一點，就是嚇人用的。

呿！

Duh!

對於簡單的問題卻不知道答案時。
與「你是笨蛋嗎？」、「我是笨蛋吧！」意思相同。
例：想不起來1+1的答案時、朋友戴著眼睛卻在找眼鏡時。

哦耶！

Woo hoo!
Yay!

用於突然感到心情很好時。
例：在紐約成功用英語對話。

將將～

Tada!

用於把有趣或了不起的東西給別人看時。
例：把炸雞給肚子餓的女友時、把手工餅乾交給男友時。

真心 200% 的建議：

不僅是感嘆詞，對所有的英文句子都是一樣，

練習時一定要像演戲那樣大聲地說出來。

為了精進英文，

除了語言本身，其對應的文化要素也應該一併了解，

（這是很多人疏忽的地方）

大家比較容易說出 "Oh my god!" 的原因，

並不是因為句子很短，

而是真的被嚇一跳時，實際使用過的緣故。

以後就大聲用高興的心情說 "Yay!"

用興奮的心情說 "Thank God it's Friday!" 吧！

3 場所

我要這個。

用現金可以打折嗎？

不要插隊。

你的大名是什麼？

給我能快點入座的。

如果有需要，請告訴我。

要熱的還是冰的？

我想喝酒。

我幫你確認免費停車。

總共20美元。

啊，我覺得好舒服。

使用頻率破億次
購物

與其買幾個昂貴的名牌精品，
倒不如經常更換很多便宜的，
頻繁舉行派對的文化也是這種購物風格的一部分。
讓人不斷汰換平價服飾的 Fast Clothing Chain 人氣
（例：Zara, Forever21, H&M）
大概也是受到這種文化的影響吧！

這個有特價嗎？

Is this on sale?

Tip

注意別和 for sale（販賣中的）混淆了。

這個有白色的嗎？

Do you have this in white?

可把 white 換成想要的顏色。
例：Do you have this in pink?
（這個有粉紅色的嗎？）

這個有小一點的嗎？

Do you have this in small?

可把 small 換成想要的尺寸。
例：Do you have this in large?
（這個有大一點的嗎？）

這個有 6 號嗎？（鞋子）

Do you have this in size 6?

Tip

可把 6 號換成想要的尺寸。
若是半號，在尺寸後面加 and a half
即可。
例：6 1/2 = six and a half

我只是看看。

I'm just looking.

Tip

日後聽到 "Can I help you? / Do you
need help?（需要幫忙嗎？）" 也不
用緊張囉！

這個可以試穿嗎？

Can I try this on?

Tip

try something on：試穿
補充：Where's the fitting room?
　　　（試衣間在哪裡？）

你特別有想找什麼嗎？

Are you looking for anything in particular?

in particular：特別地
"Do you need help?"（你需要幫忙嗎？）也是經常使用的句子。
可用 #5 回答。

這個是剛進貨的。

This just came in.

提到新產品時的相關句子。

今天有服務人員幫你嗎？

Did anyone help you today?

結帳時經常詢問的問題。
回答範例：That guy / lady over there.
（那邊那位。）
I don't remember.
（我不記得了。）
No.（沒有。）

也會經常聽到 "Do you have your receipt?"（你有收據嗎？）

10

我想要退掉這個。

I'd like to return this.

11

我要這個。

I'll take this.

特別用於考慮尺寸或顏色後下的決定。

12

今天營業到幾點？

What time are you open until today?

一般會話中經常以 till 替代 untill。這裡的 "open" 是指營業。

MP3/043

現學現用

看到句子立即用英文說出來，答案在下面。

1. 這個有黑色的嗎？

2. 這個有中間尺寸的嗎？

3. 明天營業到幾點？

4. 這個有 5 號的嗎？

5. 試衣間在哪裡？

#答案

1. Do you have this in black?
2. Do you have this in medium?
3. What time are you open until tomorrow?
4. Do you have this in size 5?
5. Where's the fitting room?

使用頻率破億次

議價

議價（Negotiating a Price）在哪裡都有可能發生，
特別是在街上，議價是購物的基本功夫，
對那些欺負英文不流利、敲竹槓的人，
好好熟悉議價的句子，
用最好的價格買到想要的東西吧！

7

我等一下再來。

I'll just come back later.

不用對不起，轉身離開就好。

8

用現金可以打折嗎？

Do I get a discount for paying cash?

get a discount：得到打折

掏錢之前這是最後的王牌。

9

這是我最後的價格。

That's my final offer.

買方與賣方揭露最終價格時使用的句子。

你可以給一點試用品嗎？

Can you throw in some samples?

Tip

throw in something：給贈品
其實外國給試用品的地方並不多。

我只有 9 美元。

$9 is all I have.

Tip

錢不人夠的時候試試看這麼説。

我是常客。

I buy from you all the time.

Tip

直譯是「我一直從你這裡購買」。
線上購物也可以透過電子郵件議
價。

141

有關議價的一句話

並不是只有路邊商店才能議價，

購物中心裡面的商店也可以。

牌子上可能會貼有 MSRP （Manufacturer's Suggested Retail Price），意思是「消費者建議售價」，

只是「建議（Suggested）」並非不二價（Fixed），

沒有不可能的議價，

議價不是無理取鬧，

請大大方方地議價吧！

使用頻率破億次

排隊禮儀

這次是有點基本的英語表達，
當然使用頻率仍非常高。
若在外國遇到插隊，也不要說不出話來，
一定要用英語制止插隊的人！

你正在排隊嗎？

Are you in line?

"be in line" 強調「已經排隊的狀態」。
例：I'm in line.（我正在排隊。）

去排隊。

Get in line.

get in line 強調「去排隊的動作」。
例：I got in line to buy it.
（我排隊要買這個。）

請不要插隊。

Please don't cut in line.

cut in line：插隊
例：She cut in line in front of me.
（她在我前面插隊。）
這句比較直接，可能會有點無禮。

4

不好意思，我排在這裡。

Excuse me but I'm in line here.

Tip

比 #3 有禮貌，語氣也較委婉。

5

喔，我很抱歉，我不知道。

Oh, I'm sorry. I didn't know.

Tip

這句已經變成排隊禮貌的慣用語，所以不小心插隊並非是很不禮貌的行為。

6

這個不是在排隊。

That's not the line.

Tip

對排一條新的隊伍的人使用。

隊伍要排多久？

How long is this line?

並不是詢問隊伍長度，而是等待時間。

這個隊伍要排兩個小時。

This is a two-hour line.

可替換時間應用。
例：This is a 30-minute line.
（這個隊伍要排 30 分鐘。）

你先。

After you.

意思是「我排在你後面。」
例：幫女士開門，請對方先進去
　　時、讓座給老人家時。

10

你先。

Go ahead.

Tip

語氣比 #9 更輕鬆、可用的範圍也更廣。

例：讓路給對方時、讓對方先使用物品時。

11

你可以先走／先用。

You can go first.

Tip

與 #10 使用時機相同，特別適用於排隊時請下一位先走的情況。

12

給你用。

It's all yours.

Tip

洗手間、影印機等使用後說的句子，表示讓給下一個人。

現學現用

1. 我正在排隊。

2. 我沒有在排隊。

3. 我排隊買票。

4. 這個隊伍要排 3 小時。

5. 這個男孩插隊。

#答案

1. I'm in line.
2. I'm not in line.
3. I got in line to buy the ticket.
4. This is a three-hour line.
5. This boy cut in line.

使用頻率破億次

餐廳 **1**

去吃飯若還緊張的話，可是會噎著的！
從進餐廳到入座，
實際會用到的句子將依序一一公開，
幫助各位放輕鬆、100% 專注在吃飯上。
這些句子對餐廳從業人員也很有幫助喔！

有幾位？

How many?
How many in your party?
How many in your group?

Tip

party（團體）比group（團體）更常使用。

總共有 4 名。

Four.
A party of four.
A group of four.

Tip

可更換人數使用。
例：A party of <u>two</u>.（共2名。）
如果是一個人就說 "Just one."。

你有預約嗎？

Did you make a
reservation?
Do you have a
reservation?

Tip

兩個句子只是差在一個是過去式
（強調動作）、另一個是現在式
（強調狀態），但都可傳達意思。

4

你的大名是什麼？

**What's your name?
Your name, please?**

Tip

可單純回答預約者的姓名或是使用 #5。

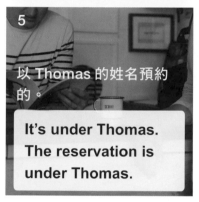

5

以 Thomas 的姓名預約的。

**It's under Thomas.
The reservation is under Thomas.**

Tip

可更換預約者姓名使用。
例：It's under Eugene.
　　（以 Eugene 的姓名預約的。）

6

你想坐在裡面還是外面？

Would you like to sit inside or outside?

Tip

也可使用 outside patio 代替 outside
（外面）。

7

給我能快點入座的。

Whichever is quicker.

Tip

補充：Anywhere is fine.
（哪裡都可以。）

8

請往這邊走。

This way, please.
Follow me this way,
please.

Tip

拿著菜單的帶位人員通常不是負責的服務生。

9

您的服務人員馬上就來。

Your server will be
right with you.

Tip

服務人員會先過來自我介紹後，再介紹今天的特別菜單。

今天的特餐是 OOO。

Today's special is OOO.

Tip

可以詢問或是不回應。

有什麼好吃的？

What's good here?

Tip

這裡不要使用delicious
（用於稱讚）。
補充：What would you recommend?
　　　（你可以推薦嗎？）

您選好後再告訴我。

Let me know when you are ready.

Tip

也可能會聽到 "I'll be right back."
（我會馬上回來）。

現學現用

看到句子立即用英文說出來，答案在下面。

1. 共 3 個人。

2. 一個人。

3. 用 Sue 的姓名預約的。

4. 你可以推薦嗎？

5. 給我能快點入座的。

#答案

1. A party of three.
2. Just one.
3. It's under Sue.
4. What would you recommend?
5. Whichever is quicker.

使用頻率破億次
餐廳 2

已經成功就座了，
現在就來點餐、享受餐點和結帳吧！
當然還是用英文！

您要點餐了嗎?

Are you ready?
Are you ready to order?

可用其他單字取代 you,更增親近感。
例如 you guys 或 we。

我們還需要時間。

A few more minutes,
please.
We need more time,
please.

建議加上 please。

您要點什麼?

What would you like?
What would you like
to order?

回答範例:Let me get a Philly Cheese Steak.
(請給我費城起司牛排。)
A Caesar Salad for her and a Cheese Burger for me, please.
(請給她凱薩沙拉,給我起司漢堡,謝謝。)

您想要多熟？（肉類）

How would you like it cooked?

Tip

回答時可只用單字。

例：Medium, please.
（請給我5分熟。）

熟度：bloody rare < rare < medium
rare < medium < well-done < burnt

您要什麼飲料？

What would you like to drink?
Any drinks?

Tip

回答範例：Let me get a Pepsi.
（請給我百事可樂。）

若要水，可說 "Water's fine. / Just
water.（水就好。）"

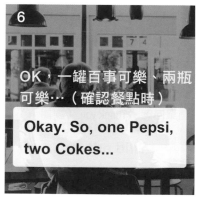

OK，一罐百事可樂、兩瓶
可樂…（確認餐點時）

Okay. So, one Pepsi, two Cokes...

Tip

立刻複誦餐點名稱以供確認。

157

關於小費

其實小費要給多少是根據客人的自由意志，
就算不給小費也不會有法律上的問題，
但因為服務人員的基本薪資並不高，需要靠小費來彌補，
所以若不是嚴重的服務失誤，
給小費是一種慣例。

建議的餐廳小費

非常滿意：20%以上
一般：15%
不滿意：10%以下

補充資訊

盡可能用現金付小費
在 Bar/café 點一杯飲料，小費與飲料價格無關，通常會給 $1 或是 $2。
若帳單上寫著 gratuity included（包含小費），就無須另外給小費。
在收據上標示小費金額時，通常會寫到小位數。（例：$5 → $5.00）

使用頻率破億次
咖啡

點咖啡其實比下面說明的還要簡單，
不用太過緊張，
讓我們從基本到進階，
在星巴克享受一杯美式咖啡或拿鐵吧！

Can I help the next customer?

請下一位客人點餐。

 Tip

除了咖啡廳，這句話可在任何結帳櫃台聽到。也可在句子後面加上 in line（排隊的）。

有我可以幫忙的嗎？

What can I get you?
What can I get for you?

 Tip

回答範例：
I would like a café latte.
（我想要拿鐵咖啡。）
I would like to get a caramel macchiato.
（我想要焦糖瑪奇朵。）
Let me get a scone.
（請給我英式鬆餅。）

你要哪種尺寸的？

What size?
What size would you like?

 Tip

回答範例：
A small size.（小杯的。）
- 可回答尺寸就好。
Let me get a large size.
（請給我大杯的。）

你要熱的還是冰的？

Would you like it hot or iced?

Tip

回答範例：
Iced, please.（請給我冷的。）
I would like it hot.（我要熱的。）

COFFEE

還有需要的嗎？

Anything else?

Tip

回答範例：
That's it.（這樣就好。）
Let me also get an Americano.
（我再點一杯美式咖啡。）

請給我拿鐵咖啡，不要美
式咖啡了。

Let me get a café latte instead of the Americano.

Tip

活用範例：
Let me get A / instead of B.
（請給我 A / 不要 B 了。）
Let me get a scone / instead of the cupcake.（請給我英式鬆餅 / 不要杯子蛋糕了。）
用於點餐後馬上改變心意的情況。

163

7

你要加鮮奶油嗎？

Would you like whipped cream on it?

Tip

回答範例：
Yes, please.（好。）
I don't want any whipped cream on it.
（我不要鮮奶油。）
鮮奶油是 whipped cream。

8

我可以另外要一個杯子裝冰塊嗎？

Can I have some ice in a separate cup?

Tip

注意 separate 的發音。

9

你要幾份濃縮咖啡？

How many shots? How many shots would you like?

Tip

回答範例：
A single shot, please.
（請給我一份濃縮咖啡。）
Two shots, please.
（請給我 2 份濃縮咖啡。）

你的姓名是？

And your name?

還是有許多店家沒有震動通知器，準備好後就會叫名字。

可以給我杯套嗎？

Can I get a coffee sleeve?

coffee sleeve：避免燙傷的杯套。

我點了冰的。

I ordered mine iced.

可用 hot 取代 iced。
例：I ordered mine hot.
　　（我點了<u>熱的</u>。）

現學現用

看到句子立即用英文說出來，答案在下面。

1. 請給我卡布奇諾。

2. 請給我小杯的。

3. 我要熱的。

4. 請給我起司三明治，不要吐司了。

5. 我點了熱的。

#答案

1. Let me get a cappuccino.
2. Let me get a small size.
3. I would like it hot.
4. Let me get a cheese sandwich instead of the toast.
5. I ordered mine hot.

使用頻率破億次
酒

從可愛或古怪的喝酒習慣到酒量對決
各國的飲酒文化真是大不相同。
不過要小心絕對不能喝個爛醉倒在路邊,
因為就算沒有給別人造成傷害,也可能會被逮捕,
不配合警察時更可能會引起……
不,是一定會製造問題的!

I feel like drinking.

我想喝酒。

 Tip

想喝的程度比 " I want to drink.
（我想喝酒。）" 要來得弱一點。

Let's get wasted.

喝個爛醉吧！

 Tip

get wasted：完全喝醉，語氣比 get
drunk 更強烈。

I can't drink.

我不會喝酒。

 Tip

亦指當時情況下不能喝酒。
或者用 " I'm not a good drinker."

4

我醉了。

I'm drunk.

Tip

drunken 多用在後面加名詞的情況，
因此不要說 "I'm drunken."。
例：drunken father, Drunken Tiger, etc.

5

我吐了。

I threw up.

Tip

throw up：嘔吐
經常使用的另一個單字 vomit（嘔吐）
多用於生病的情況。

6

我好像快吐了。

I feel like throwing up.

Tip

也可用 "I feel sick." 來表示快吐了。

7

我酒醒了。

I'm sober.

補充：I'm not sober yet.
（我酒還沒醒。）

8

因為宿醉難受死了。

I have a bad hangover.

hangover：宿醉
hangover 也可當形容詞用。
例：I'm hung over.
（我宿醉了。）

9

我喝到茫了。

I blacked out.

也可用於與酒無關的失去意識，
或是用 "I passed out.（我昏過去
了。）"

10

今天晚上我負責開車。

I'll be the designated driver tonight.

Tip

designated driver（指定的駕駛者）意思是決定某人不喝酒以負責開車。

11

祝我們成功！

Here's to our success!

Tip

可把 our success 替換成想乾杯的內容。

例：Here's to Ashley!
（祝福 Ashley！）
Here's to your future!
（祝福你的未來！）

12

來乾杯吧！

Let's make a toast! / Cheers! / Bottoms up!

Tip

不要使用 "one shot!" 這種國籍不明的句子喔！

現學現用

看到句子立即用英文說出來，答案在下面。

1. 我沒喝醉。

2. 你醉了嗎？

3. 不要吐！

4. 你酒醒了嗎？

5. 祝福我們的愛情！

#答案

1. I'm not drunk.
2. Are you drunk?
3. Don't throw up!
4. Are you sober?
5. Here's to our love!

使用頻率破億次

電影院

雖然不是所有的電影院均是如此，
但很多都是非指定座，
也就是採取先到先坐（first-come, first-served basis）的方式。
啊！想到就覺得不方便。

＃ 現學現用

看到句子立即用英文說出來，答案在下面。

1. 請給我 < 哈利波特 > 四張票。

2. 請給我 < 鐵達尼號 > 一張票。

3. < 超人 5 > 何時上映？

4. < 蝙蝠俠 10 > 電影有多長？

5. 你的電話號碼後 4 碼是什麼？

＃答案

1. Let me get four tickets for *Harry Potter*, please.
2. Let me get one ticket for *Titanic*, please.
3. When is *Superman 5* coming out?
4. How long is *Batman 10*?
5. What are the last 4 digits of your phone number?

使用頻率破億次
超市

在超市、便利商店、購物中心
都可使用的句子！
不僅在國外，
在國內遇到外國客人也可使用喔！

電池在哪裡？

Where can I find batteries?

batteries 可替換成想找的物品，用複數形。（也可使用不可數名詞）
例：Where can I find diapers?
（尿布在哪裡？）

在 7 號走道。

It's on aisle 7.

陳列架以aisle（走道）分區。

這個有買一送一嗎？

Is this a buy-one-get-one-free item?

buy-one-get-one-free item：買一送一的商品。

4

你購物愉快嗎?

Did you find everything okay?

 Tip

特別是購物中心結帳之前通常會問這個問題。

5

總共 20 美元。

**It's $20 total.
The total comes out to $20.**

 Tip

comes out 可省略 out。
例:The total comes to $20.

6

要用現金還是信用卡?

Cash or credit?

 Tip

補充:How would you like to pay?
(你要用什麼方式結帳?)

7

用金融卡還是信用卡？

Debit or credit?

Tip

回答 Credit → 就會聽到
"Please sign it.（請簽名。）"
回答 Debit → 就會聽到
"Please enter your PIN.
（請輸入密碼。）"

8

你想要返還現金嗎？

Do you want any cash back?

Tip

在有些國家（如美國、英國）商店結帳時，只要向店員說所需的現金金額，店員會多刷一點信用卡金額，再把多出的金額以現金方式返還，類似一種現金提款的服務。
回答範例：Yes. $20, please.
（是，請給我$20。）

9

要紙袋還是塑膠袋？

Paper or plastic?

Tip

塑膠袋不是 vinyl bag。
經常是以這個順序詢問。

你要收據嗎？

Would you like your receipt?

receipt（收據）的 p 不發音。

你找得開嗎？

Do you have change for this?

change：零錢
例：買 $1 的東西，但皮夾裡只有
$100 時。

可以找給我一些 $1 紙幣嗎？

Can I get some singles for this?

single：$1 紙幣
之後就會聽到 "How many do you need?（你需要幾張？）

不可不知的常見問句

Case 1：我可以看看你的身份證嗎？
| Can I see your ID?

Case 2：這個沒有庫存了。
| It's out of stock.

Case 3：你想要怎麼付款？
| How would you like to pay?

Case 4：我想用現金。
| I would like to pay in cash.

Case 5：這些是全部嗎？
| Is that it? / That's it?

Case 6：那個不是我的東西。
| That's not mine.

Case 7：我可以使用這張優惠券嗎？
| Can I use this coupon?

Case 8：這裡有ATM嗎？
| Do you have an ATM in here?

Case 9：你可以先結帳。
| You can go first.

Case 10：不好意思，你在這裡工作嗎？
| Excuse me. Do you work here?

使用頻率破億次

洗手間

在一些吵雜熱鬧的大都市（例如：Manhattan, LA Downtown），
公共廁所並沒有想像得多，
因此為了避免發生慘事，
最好在住宿地點先解決！

185

How long are you gonna be!

你還要多久！

急著上大號時使用。
Gonna 是 going to 的俚語。

I really gotta go.

我快忍不住了。

大小號都可使用。
gonna 是 going to 的俚語。

Ah, I feel lighter.

啊，我覺得好舒服。

feel +（形容詞）= 擁有（形容詞）
描述的心情
例：I feel lonely.
　　（我感到寂寞。）

10

把馬桶坐墊放下來。

Put the toilet seat down.

 Tip

put something down：把～放下來
這在有女生居住的房子裡被視為
基本禮節。

11

女廁 VS 男廁

**Ladies' Room, Ladies,
Women <u>vs</u>
Men's Room,
Gentlemen, Gents, Men**

 Tip

這裡的 man, woman 都不用單數。
殘障人士專用是 disabled。

12

上廁所需要鑰匙嗎？

**Do I need a key
to use the restroom?**

 Tip

一些大都市因為治安問題，廁所
通常是鎖住的。

不可不知的常見問句 ⬤ MP3/063

Case 1：洗手間在哪裡？
| Where's the restroom?

Case 2：這裡有洗手間嗎？
| Is there a restroom in here?

Case 3：我想尿尿 / 上大號。
| I have to pee. / I have to take a piss.

Case 4：我想上大號。
| I have to take a dump.

Case 5：我得去洗手間。（接在 #4 後面）
| I have to go to the restroom / bathroom.

Case 6：我可以使用洗手間嗎？
| Can I use your bathroom?

Case 7：女廁在哪裡？
| Where's the ladies' room?

Case 8：男廁在哪裡？
| Where's the men's room?

Case 9：洗手間在樓上/樓下。
| The restroom is upstairs/downstairs.

Case 10：這棟大樓裡有其他的洗手間嗎？
| Is there another restroom in the building?

4 身體

現在這些句子都可以用英文流利自然地說囉！

你最近有運動嗎？

他長得很欠揍。

你看起來符合你的年紀。

我又胖回來了。

我想上大號。

你有眼屎。

我沒有多少頭髮。

我是乾性皮膚。

我每個月的那個來了。

頭痛得快死了。

使用頻率破億次

外貌

「外國人才不會在意外貌。」
沒錯，這是謊話。

7

她真的很有魅力！

She's a real head turner.

意思是非常有魅力和美麗，人們會回過頭看，也可使用於物品。

8

他長得很欠揍。

He has a punchable face.

punchable face：長得欠揍的臉
這是一個新詞語。

9

你今天看起來不一樣。

You look different today.

這句更傾向稱讚。

10

外表不是永遠的。

Good looks don't last forever.

Tip

looks：外表（複數）
last：維持

11

他只追求外表。

He only goes for looks.

Tip

go for something：追求～、選擇
例：I don't go for money.
　　（我不追求金錢。）

12

不要用外表判斷我。

Don't judge me by my looks.

Tip

可替換 me 和 my。
例：Don't judge Ella by her looks.
　　（不要用外表判斷 Ella。）

看到句子立即用英文說出來，答案在下面。

1. 我看起來可愛嗎？

2. 你看起來很可愛。

3. 你的男朋友長得很帥。

4. 你的哥哥今天看起來不一樣。

5. Jessica 很有魅力。

#答案

1. Do I look cute?
2. You look lovely.
3. Your boyfriend is good-looking.
4. Your brother looks different today.
5. Jessica is a real head turner.

使用頻率破億次

年齡

「看起來很年輕」是宇宙中最強力的稱讚！
現在就來看看用英文要怎麼說吧！

1

你看起來比實際年齡年輕。

You look younger than you are.
You look younger than your age.

 Tip

若看起來比較老，就把younger換成older，或是淺淺微笑。

2

你看起來符合你的年紀。

You look your age.

 Tip

若對方是女生，建議可以說
"You don't look your age.（你看起來不符合你的年紀。）"

3

我看起來像幾歲？

How old do I look?

 Tip

回答：You look +（年紀）= 你看起來像～歲。
例：You look 20.
（你看起來像20歲。）

4

我們是同年。

We are the same age.

Tip

別忘了 same 前面經常要加上 the。

5

她和你同年。

She is your age.
She is the same age as you.

Tip

the same as something：與～相同
例：This Prada bag is the same as mine.
　　（這個 Prada 包包和我的一樣。）

6

我明年就 30 歲了。

I'm turning 30 next year.

Tip

turn +（年紀）= 變成～歲
年齡可替換。
例：My son is turning 5 next year.
　　（我的兒子明年就 5 歲了。）

現學現用

1. 你比實際年齡看起來更老。

2. 你看起來像 30 歲。

3. Serena 和你同年。

4. 我明年就 35 歲了。

5. 她看起來幾歲？

#答案

1. You look older than you are.
2. You look 30.
3. Serena is my age.
4. I'm turning 35 next year.
5. How old does she look?

使用頻率破億次

減肥

Diet 的意思是「調整飲食」，
不是指運動。
所以更困難囉！

現學現用

看到句子立即用英文說出來，答案在下面。

1. 我胖了 3 公斤。

2. 我瘦了 7 公斤。

3. 我正努力減少攝取咖啡因。

4. 你很瘦。

5. 你不胖。

#答案

1. I've gained 3 kilograms.
2. I've lost 7 kilograms.
3. I'm trying to cut down on caffeine.
4. You're skinny.
5. You're not chubby.

使用頻率破億次
生理現象

「我放屁了。」如果連這句話都無法用英文說出來，
就算知道很多艱澀的單字，還值得驕傲嗎？
秉持著使命感，現在就來大公開吧！
對於各種生理現象，不用再比手畫腳了！

1

我剛剛放屁了。

I just farted.

「放屁」的動詞最常用的是 fart。
例：Stop farting.
（不要再放屁了。）
pass gas（放屁）是比較正式的
說法。

2

不要再打嗝了！

Stop burping!

「打嗝」最常用的動詞是 burp。
例：Did you just burp?
（你剛剛打嗝了嗎？）
也可以用 belch（打嗝）。

3

我要上大號。

I have to take a dump.

上大號（按禮貌程度）：
go to the bathroom > poop > take a dump
> take a shit

4

我要小便。

I have to pee.

Tip

小便（按禮貌程度）：
go to the bathroom > pee > take a pee >
take a piss > take a leak
urinate（排尿）多使用於醫院。

5

我拉肚子了。

I'm having diarrhea.

Tip

have diarrhea：拉肚子
例：I had diarrhea all day.
　　（我一整天都在拉肚子。）

6

不要吐！

Don't throw up!

Tip

表示「嘔吐」的動詞中最常用的
是 throw up。
例：Don't throw up in my car.
　　（不要吐在我車子裡。）
　　Vomit（嘔吐）較常用於身體
　　不舒服時。

7

我一直在打哈欠。

I can't stop yawning.

這是結合 yawn（打哈欠）和can't stop ~ing（無法停止～）的用法。

8

我一直在打噴嚏。

I keep sneezing.

這是結合 keep ~ing（持續～）的用法。

9

願上帝保佑你。

Bless you.
God bless you.

打噴嚏時經常會聽到的句子，回答時可用 "Thank you."。

我有便祕。

I have constipation.

Tip

have constipation：有便祕

我打嗝停不下來。

I can't stop hiccuping.

Tip

hiccup：打嗝

暫停呼吸看看。

Try holding your breath.

Tip

這是給一直打嗝的人的建議。
結合 hold one's breath（摒住呼吸）
和 try~ing（試試看～）的句子。

現學現用

1. 我沒有放屁。

2. 你打嗝了嗎？

3. 我在大便。

4. 你有便祕嗎？

5. 我不想吐。

#答案

1. I didn't fart.
2. Did you burp?
3. I'm taking a dump.
4. Do you have constipation?
5. I don't want to throw up.

使用頻率破億次
分泌物

比起用英文說「引發社會啟蒙」，
我認為「我流鼻涕了」這類的句子會更有急迫性。
這次也秉持著使命感來為各位大公開吧！

擦乾眼淚。

Wipe your eyes.

wipe/dry one's eyes：擦眼淚
eyes 可替換成 tears。

清一下你的耳朵。

Clean your ears.

clean one's ears：清耳朵
「耳屎」是 earwax（名詞）。

不要再流口水了。

Stop drooling.

drool：（因發呆）流口水。
例：看到性感的女生經過時。

不要再吐口水了。

Stop spitting.

 Tip

spit（吐）的過去式是 spit 或 spat。

把痰吐出來。

Spit out your phlegm.

 Tip

spit out one's phlegm：吐痰

我流了很多汗。

I sweat a lot.

 Tip

汗是 sweat（名詞）。

＃ 關於生理現象的禮貌

各位可能聽說過下面這些建議：

「外國人不介意在吃飯時擤鼻涕。」

「但是一定要避免放屁或打嗝。」

不用太擔心，這只是教科書上的建議而已。

關於表現出生理現象是否禮貌，是取決於對方的標準，與文化無關，因此「在外國可隨時擤鼻涕，但不能放屁」這類死板板的教條式建議是不正確的。當然謹慎一點也沒錯，但哪有人能夠預先知道會出現哪種生理現象？不小心失誤了，說句 "Excuse me" 就可以緩和氣氛，問題不在於生理現象本身，而是連「不好意思、抱歉」這樣一句短短的話都說不出口，其實收拾善後的禮貌話才是影響觀感的關鍵！

只要兩個單字： "Excuse me."
就可以維持你的形象。

使用頻率破億次
頭髮

接下來要介紹實際常用到的髮型單字，
在美容院以外的地方也可使用。
< 作者主觀的建議 >
等到回國再做頭髮吧！
不需要為了練習英文而到外國的美容院。
就算練習成功，
兩頰也可能會留下真心滾燙的後悔淚水。

1

我剪頭髮了。

**I got a haircut.
I got my hair cut.**

補充：Did you get your hair cut?
（你剪了頭髮嗎？）
I got my hair cut <u>short</u>.
（我把頭髮剪短了。）

2

我燙頭髮了。

I got my hair permed.

補充：Did you get your hair permed?
（你燙頭髮了嗎？）

3

我把頭髮染黃了。

I got my hair dyed yellow.

可替換顏色。
例：I got my hair dyed <u>red</u>.
（我把頭髮染成紅色了。）

我要把頭髮留長。

I'm going to grow my hair.

 Tip

補充：I'm going to grow my hair <u>long</u>.
（我要把頭髮留長。）
I'm growing my hair.
（我正在留長頭髮。）

我頭髮不多。

I don't have a lot of hair.

 Tip

若相反就刪掉 don't。

我快變禿頭了。

I'm going bald.

 Tip

Go bald：變禿頭

7

修剪你的鬢角。

Trim your sideburns.

sideburns：鬢角

8

我開始長白頭髮了。

I'm starting to get white hair.

get white hair：長白頭髮
白頭髮可換成 white, gray, grey 等。

9

我剪瀏海了。

I got bangs.

bangs（瀏海）通常都用複數。

226

10

我的髮尾有分叉。

I have split ends.

Tip

split：分叉的

11

我該把頭髮綁在後面嗎？

Should I tie my hair back?

Tip

tie one's hair：綁頭髮
可省略 back，加上 back 是更強調綁在「後面」。

12

我應該把頭髮放下來嗎？

Should I let my hair loose?
Should I let my hair down?

Tip

let one's hair loose：把頭髮放下來

現學現用

看到句子立即用英文說出來，答案在下面。

1. 我把頭髮染成褐色。

2. 你剪瀏海了嗎？

3. 我男友快變成禿頭。

4. 我女友的頭髮很多。

5. 把你的頭髮放下來。

#答案

1. I got my hair dyed brown.
2. Did you get bangs?
3. My boyfriend is going bald.
4. My girlfriend has a lot of hair.
5. Let your hair loose.

使用頻率破億次

皮膚

東方人的皮膚比較好是事實，
學會有關皮膚的說法，
以後 30 年都維持柔嫩肌膚吧！

我是乾性皮膚。

I have dry skin.

補充：
I have oily skin.
（我是油性皮膚。）
I have sensitive skin.
（我是敏感性皮膚。）

我的臉上有青春痘。

I got pimples on my face.

pimple, zit, acne：青春痘
其中 acne 是不可數名詞。

不要擠痘痘！

Don't squeeze the pimple!

squeeze a pimple：擠青春痘
也可說 pop a pimple。

我把痣弄掉了。

I got my moles removed.

Tip

mole：痣
get something removed：去除～
（藉由他人協助）

我眼角有黑斑。

I have age spots around my eyes.

Tip

age spot, liver spot：黑斑
也可只說 spot。

我臉上的毛孔很大。

I have large pores on my face.

Tip

pore：毛孔

Case 1：你的皮膚好好！
| You have good/soft skin!

Case 2：你的 Tip 是什麼？
| What's your secret?

Case 3：你是哪種皮膚？
| What's your skin type?

Case 4：你的臉色看起來蒼白。
| You look pale.

Case 5：擦一點防曬乳！
| Put on some sunscreen!

Case 6：我得到香港腳了。
| I got athlete's foot.

Case 7：我的手指起水泡了。
| I got blisters on my fingers.

Case 8：我的皮膚 / 頭髮很癢！
| My skin/hair is itchy!

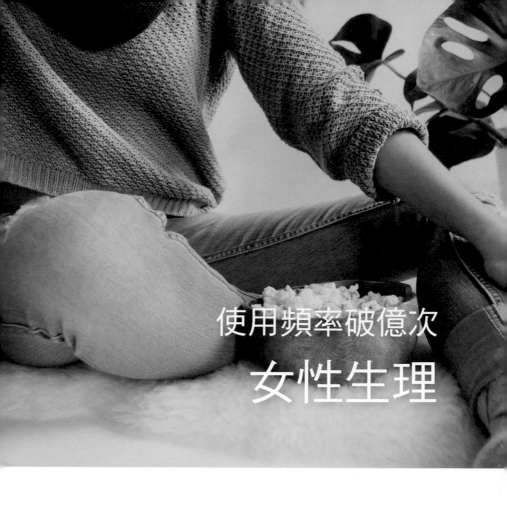

使用頻率破億次

女性生理

這裡包括了非常時期常用的說法，
即使到國外也不用再慌張了！

1

我生理期來了。

I'm on my period.

Tip

補充：Are you on your period?
（你在生理期中嗎？）

2

我有生理痛。

I'm having cramps.

Tip

cramps：生理痛
menstrual pain 是比較正式的說法。

3

我每個月的那個來了。

It's my time of the month.

Tip

如果是指別人，就把 my 換成 her。
例：It's her time of the month.
（今天她那個來了。）

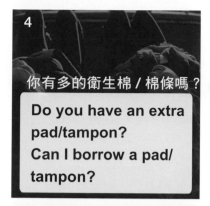

你有多的衛生棉／棉條嗎？

Do you have an extra pad/tampon?
Can I borrow a pad/tampon?

borrow 雖然有暗示「借了以後再還」的意思，但這裡是慣用語。

我的生理期不規則。

My period is irregular.

規則是 regular。

我的生理期遲到了。

I'm not getting my period.

period 的重音在 pe。

7

你可以順路幫我買衛生棉／棉條嗎？

Can you get me pads/ tampons on your way here?

 Tip

on your way 是指在你的路途上，也有依你的方法的意思。

8

我生理期時的心情起伏大。

I feel moody during my period.

 Tip

也可把 "I feel moody." 換成其他狀況。
例：I eat a lot during my period.
（我生理期時吃很多。）

9

因為生理痛，我痛得快死了。

My cramps are killing me.

 Tip

也可替換 my cramps。
例：This project is killing me.
（因為這個計畫，我快死了。）

使用頻率破億次
我生病了

在人生地不熟的地方生病真是太悲慘了，
加上又開不了口？
還是趕緊來學習生病的相關句子吧！

7

我一直在肚子痛。

My stomachache won't go away.

Tip

won't +（動詞）= 不會～
可用其他病徵更換 stomachache 。
例：My cramps won't go away.
　　（我想生理痛不會結束。）

8

我沒有力氣。

I have no energy.

Tip

補充：I have no appetite.
　　（我沒有食慾。）

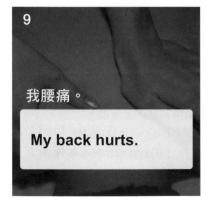

9

我腰痛。

My back hurts.

Tip

hurt（痛）是動詞
可把 back 換成其他疼痛的部位。
例：My chest hurts.（我胸痛。）

10

我受傷了。

I got hurt.

 Tip

get hurt：受傷
例：You can get hurt.
（你可能會受傷。）

11

我鼻塞了。

I have a stuffy nose.

 Tip

stuff（塞住）→ stuffy（塞住的）
補充：I have a runny nose.
（我流鼻水了。）

12

我著涼了。

I have chills.

 Tip

chills：著涼
回答範例：Did you see a doctor?
（你看醫生了嗎？）

Case 1：有哪裡痛嗎？
┃ Does it hurt?

Case 2：這裡痛嗎？
┃ Does it hurt here?

Case 3：哪裡會痛？
┃ Where does it hurt?

Case 4：這裡會痛。
┃ It hurts here.

Case 5：我發燒了。
┃ I have a fever.

Case 6：我感到暈眩。
┃ I feel dizzy.

Case 7：你有什麼症狀？
┃ What are the symptoms?

Case 8：有什麼問題？
┃ What brings you here?
┃ What seems to be the problem?

Case 9：吸氣~~吐氣~~
┃ Breathe in... and breathe out.

Case 10：去看醫生。
┃ Go (and) see a doctor.

5 時間與季節

天空裡一片雲都沒有。

我快中暑了。

我在秋天多愁善感。

今年中秋是何時？

穿暖一點。

我冷得屁股都要掉下來了。

2050年也過了啊！

永遠祝福你！

我不知道時間經過多久。

時間到了！

時間可以治療一切。

使用頻率破億次

春+夏

夏天相關的句子比春天多，
因此夏天占的篇幅較重。
若要夏季旅行，
建議到一年四季都適合旅遊的美國加州聖地牙哥，
雖然冬天也會下雪，
但⋯過去 125 年來就只有 5 次。

1

天空裡連一片雲都沒有。

There's not a single cloud in the sky.

Tip

There's not a single +（名詞）：
（名詞）連一個也沒有
強調真的一個也沒有。
例：There's not a single holiday this month.
　　（這個月連一個假日也沒有。）

2

春天來了。

Spring has come.

Tip

這裡不是用 came，而是 has come，
比起春天「來了的動作」，更強調
目前的「狀態」。

3

白天逐漸變長。

The days are getting longer.

Tip

若是逐漸變短，就把 longer 改成
shorter。
例：The days are getting shorter.
　　（白天逐漸變短。）

4

熱到像地獄！！

It's hot as hell!

Tip

這是 "It's too hot!（真是太熱了！）"
的俚語。
不適合正式場合使用。

5

我長痱子了。

I have a heat rash.

Tip

rash（疹子）通常都用單數。
若是全身發疹，在句子後面加上
all over my body（全身）。

6

天氣令人難受。

The weather is nasty.

Tip

指集合了熱（hot）+ 潮濕
（humid）+ 濕黏（damp）等最令
人難受的天氣

7

下雨了。

It's drizzling. （毛毛雨）
It's raining. （一般雨勢）
It's raining hard. （大雨）
It's pouring. （傾盆大雨、豪雨）

Tip

"It's raining cats and dogs.（下大雨）" 的慣用語在口語使用上，有頻率下降的趨勢。

8

我頭痛！

I got a brain freeze!

Tip

一下子吃到冰冷食物（冰淇淋、剉冰）而感到頭痛。

9

我曬黑了。

I got a tan.

Tip

特別指被太陽曬黑時，用"I got a suntan."

10

我快中暑了。

I'm about to have heat stroke.

Tip

be about to +（動詞）：正要～
表示感到快要 heat stroke（中暑）。

11

我流了很多汗。

I'm sweating like a pig.

Tip

流很多汗的慣用語。

12

我曬傷了。

I got a sunburn.

Tip

指皮膚過度曝曬而有火辣辣的
感覺。

13

我的皮膚脫皮了。

My skin is peeling.

Tip

因 sunburn 而脫皮。

14

我晚上不能睡。

I can't sleep at night.

Tip

指因夜晚悶熱而不能睡時。

15

保持涼快。

Stay cool.

Tip

Stay +（形容詞）：持續（形容詞）
的狀態
用於炎熱天氣時的問候、道別。

使用頻率破億次

秋+冬

若要秋冬旅行，建議到紐約州的紐約。
不但在百老匯可觀賞音樂劇和爵士表演，
下雪時，一邊呼吸著紐約特有的空氣味道一邊散步，
這種感覺還會讓人不自覺上癮喔！

1

我在秋天多愁善感。

I get sentiment in fall.

Tip

senitmental：多愁善感的

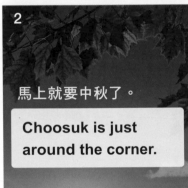

2

馬上就要中秋了。

Choosuk is just around the corner.

Tip

just around the corner：在轉角處轉
彎後就～（＝非常急迫的）
可把中秋換成其他節日。
例：Fall is just around the corner.
　　（秋天馬上就到了。）
Choosuk 是指韓國的中秋節，而在
台灣常用 Mid-Autumn Festival 或 Moon
Festival。

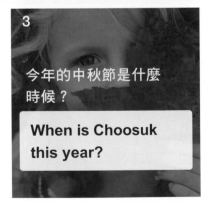

3

今年的中秋節是什麼
時候？

When is Choosuk this year?

Tip

可把中秋節改成其他節日。
例：When is Thanksgiving this year?
　　（今年的感恩節是何時？）

4

我沒有秋天穿的衣服。

I have nothing to wear for the fall.

Tip

可把 fall 改成其他季節/活動。

例：I have nothing to wear for the party.

（我沒有可在派對上穿的衣服。）

5

天氣突然變得很冷。

It has suddenly gotten cold.

Tip

suddenly（突然）的重音在 su。

6

外面非常寒冷。

It's freezing outside.

Tip

freezing 比 cold 還要寒冷。

補充：It's freezing in here.

（這裡非常寒冷。）

255

7

我冷得屁股都要掉下來了。

I'm freezing my butt off.

Tip

butt（屁股）+ off（掉下）

8

沒有那麼冷。

It's not that cold.

Tip

that：那麼

例：You're not that cute.
　　（你沒有那麼可愛。）

9

一點也不冷。

It's not cold at all.

Tip

not at all：一點也不

例：You're not funny at all.
　　（你一點也不好笑）。

10

今天下了初雪。

**We had the first snow
of the season today.**

Tip

也可省略 of the season。

11

我被雪困住了。

I'm snowed in.

Tip

表示因為雪下得太多，哪裡都去
不了。

12

我呼氣有白煙！

I can see my breath!

Tip

breath（呼吸）是名詞。

我的手好冰！

My hands are cold!

這個句子比想像中簡單，不過請放心使用。

補充：My feet are cold!（腳好冰！）

保持溫暖。

Stay warm.

stay +（形容詞）= 持續（形容詞）的狀態

用於寒冷天氣時的問候、道別。

穿得暖一點！

Bundle up!

bundle：包得緊實、捆

用於非常寒冷天氣時的問候、道別。

使用頻率破億次

年底

包括聖誕節，年底經常使用的句子都收集在這裡，
不僅是日常會話，對於書信往來也很有幫助。

1

2050 年也過了啊！

There goes 2050.

Tip

這是惋惜的口氣，用於過年時。

例：There goes my weekend.
（我的週末就這樣過了啊！）

2

再一個星期就是2050年了。

2050 is only a week away.

Tip

可替換年份和剩下的時間。

例：My birthday is only 3 days away.
（再 3 天就是我的生日。）

3

這次的聖誕節要做什麼？

What are you doing for this Christmas?

Tip

可替換 Christmas。

例：What are you doing for this Valentine's Day?
（這次情人節要做什麼？）

4

你要給我什麼聖誕禮物呢？

What are you getting me for Christmas?

Tip

get：買給、拿來

可把 me 換成得到禮物的人。

例：What are you getting <u>your girlfriend</u> for Christmas?

（你要送女友什麼聖誕禮物？）

5

這是辛苦的一年。

It's been a rough year.

Tip

rough：辛苦、不順利

可把 rough 換成其他形容詞。

例：It's been a <u>busy</u> year.

（這是忙碌的一年）。

6

我的期末考結束了！

I'm done with my finals!

Tip

finals：期末考

be done with something：完成～

例：I'm done with <u>work</u>!

（我的工作完成了！）

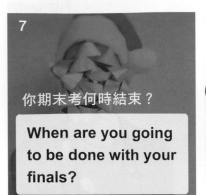

7

你期末考何時結束？

When are you going to be done with your finals?

 Tip

期中考是 midterms。

8

我明年就 21 歲了。

I'm turning 21 next year.

 Tip

可替換年齡。

例：I'm turning <u>35</u> next year.

（我明年就35歲了。）

9

永遠祝福你！

Season's Greetings!

 Tip

更常用於卡片的正式祝福語。

是 Greetings，而非 Greeting。

10

你在新的一年下了什麼決心？

What's your new year's resolution?

 Tip

resolution：決心

11

祝假期愉快！

Enjoy the holidays!

 Tip

減少 Christmas 的宗教氣氛，所有人都可輕鬆使用的句子。

12

祝你 2050 年順利。

I wish you all the best in 2050.

 Tip

可替換年份使用。

現學現用

看到句子立即用英文説出來，答案在下面。

1. 我星期六就這樣過了。

2. 再過一個月就是 2050 年了。

3. 這是幸福的一年。

4. 我明年就 40 歲了。

5. 這次的中秋節要做什麼？

1. There goes my Saturday.

2. 2050 is only a month away.

3. It's been a happy year.

4. I'm turning 40 next year.

5. What are you doing for this Choosuk?

使用頻率破億次

時間

"Do something instead of killing time. Because time is killing you."
-Paulo Coelho-
「做點什麼而不是浪費時間，因為時間正在扼殺你。」
- 保羅 科爾賀 -

1 我沒有這種時間。

I don't have time for this.

 Tip

電影、電視劇中也經常可聽到。
例：戀人吵架時，其中一人起身離
　　開，用生氣的口氣說了這句。

2 我只是在消磨時間。

I'm just killing time.

 Tip

kill time：消磨時間

3 你慢慢來。

Take your time.

 Tip

take one's time：慢慢來

4

只有時間能證明。

Only time will tell.

Tip

對方好奇某事的結果時,可用認真的口氣或看情況回答。
問題範例:
他和我的關係會變成如何?
這個減肥藥的效果如何?

5

我不知道時間經過多久了。

I lost track of time.

Tip

lose track of something:失去某事物
可能是因為忙碌或太愉快而忘了時間。

6

我妨礙到了嗎?

Is this a bad time?

Tip

直譯是「現在是壞時機嗎?」
例:門打開時,部長看起來很忙。

現在是時候了。

It's about time.

例：聽到每天吵架的戀人分手的
消息時。
朋友換掉開了20年的車時。

時間到了！

Time's up!

例：考試時，監考官說放下鉛筆時。

時光飛逝。

Time flies.

意思是時間流逝飛快。

你可以抽點時間給我嗎?

Can you make time for me?

make time:抽時間

時間可以治療一切。

Time heals all wounds.

wound:傷口
與 "Time heals everything." 相同的
意思。

我希望時光能倒流。

I wish I could turn back time.

wish 用於對不可能發生的事情表示
惋惜。
例:I wish I were a girl.
　　(我希望我是女生。)
　　I wish I had a Ferrari.
　　(我希望我有法拉利。)

不可不知的一些句子

Case 1：現在幾點了？
| What time is it?

Case 2：現在幾點了？
| Do you have the time?

Case 3：你有時間嗎？
| Do you have time?

Case 4：時間所剩不多了！
| Time is running out!

Case 5：這要花一點時間。
| It takes some time.

Case 6：祝有個美好時光！
| Have a good time!

Case 7：你怎麼花這麼久的時間？
| What took you so long?

Case 8：這只是時間問題。
| It's just a matter of time.

Case 9：很久以前，
| Once upon a time,

Case 10：是時候了。
| The time has come.

Bonus

1

🎧 MP3/095

文法沒錯，
但聽起來不自然的句子
BEST 30

#1
你體重是多少？

更正前：What's your weight?

更正後：How much do you weigh?

Tip 雖然文法沒錯，但口語中更常使用更正後的句子。補充：How tall are you?（你多高？）

#2
來玩吧！

更正前：Let's play.

更正後：Let's hang out.

Tip play 通常是指小孩子玩耍。

#3
不要誤會。

更正前：Don't misunderstand me.

更正後：Don't get me wrong.

Tip 雖然文法沒錯，但口語中更常使用更正後的句子。get：理解

#4
這個好吃嗎？

更正前：Is it delicious?

更正後：Is it good?

Tip delicious 通常用於稱讚。

#5
來我家。

更正前：Come to my house.

更正後：Come to my place.

Tip 除非是獨棟的房子，否則應使用 place。

#6
我變瘦了。

更正前：I've lost my weight.
更正後：I've lost weight.

Tip 因為主詞是「我」，減少的當然是我的肉，所以不用加 my。

#7
這個很好玩！

更正前：This is funny!
更正後：This is fun!

Tip funny 是指「好笑的」，fun 是「有趣的」。

#8
這裡是哪裡？（在一起的情況下詢問目前的地點）

更正前：Where is this?
更正後：Where are we?

Tip 若是看照片，就可說 "Where is this?"。

#9
你有預約嗎？

更正前：Do you have an appointment?
更正後：Do you have any plans?

Tip appointment 指診察、面試等工作或服務相關的預約。

#10
我們有見過面嗎？

更正前：Have we seen each other?
更正後：Have we met?

Tip 更正後的句子是慣用語。

#11
還好。

更正前：So so.
更正後：It's okay. / It's alright.

Tip 不太喜歡也不太討厭時，更正後是比起 " So so" 更常用的句子。

#12
我起雞皮疙瘩了。

更正前：I have chicken skin.
更正後：I got goose bumps/chills.

Tip chicken skin 其實是 Keratosis Pilaris（毛囊角化症）。

#13
你真的很卑鄙。

更正前：You're so bad.
更正後：You're so mean.

Tip bad（壞的）和 mean（卑鄙的）是不同意思的單字。例：可以說「壞天氣」，但無法用卑鄙來形容。

#14
聽我說一下。

更正前：Listen to my words.
更正後：Listen to me.

Tip listen 已經有「聽聲音/話」的含意，因此不用加上 words（話）。

#15
我相信有 UFO。

更正前：I believe UFOs.
更正後：I believe in UFOs.

Tip 必須加上 in，才是指相信某種存在或實體。

#16
來聽這堂課吧！

更正前：Let's listen to this class.
更正後：**Let's take this class.**

Tip 不是「聽課堂的聲音」，而是「聽講」，因此用 take。

#17
我感冒了。

更正前：I catch a cold.
更正後：**I have a cold.**

Tip catch 是強調動作→得到感冒。
have 是強調狀態→感冒了。

#18
我很熱。

更正前：I'm hot
更正後：**It's hot.**

Tip 更正前的句子有可能被誤會是「我很性感」。

#19
有點過份了。

更正前：You were too much.
更正後：**That was too much.**

Tip 不是指人，而是話語、行為、情況很過份。

#20
你好。

更正前：How do you do?
更正後：**How is it going?**

Tip 如果不想要太正式的話，就用更正後的。

#21
我 20 歲。

更正前：I'm 20 years old.
更正後：I'm 20.

 口語中可省略 years old。

#22
請簽名。

更正前：Can I get your signature?
更正後：Can I get your autograph?

Tip signature（有法律效力的簽名）VS autograph（名人的親筆簽名），更正前的語意是「請署名」。

#23
他移民到美國了。

更正前：emigrated to America.
更正後：He moved to America.

Tip 比起 emigrate（移民到）/ immigrate（移民過來），口語中更常用 move。

#24
你很厲害嘛！

更正前：You are good!
更正後：Show off!

Tip 用強烈的口氣說 show off（裝作厲害），意思是「這樣啊，繼續吹牛啊！」。

#25
我去了診所。

更正前：I went to a hospital.
更正後：I went to a doctor's office.

Tip 若是因感冒等輕微的病況而去附近的診所，就可說 a doctor's office。

#26
你們很像！

更正前：You guys look similar!

更正後：You guys look alike!

Tip 雖然也可用similar（相似的），但對象是人時，多使用alike（相像的）。

#27
不要再吃了！

更正前：Don't eat!

更正後：Stop eating!

Tip "Don't +（動詞）"表示還沒開始。
"Stop+（~ing）"指停止正在做的事情。

#28
你好低級。

更正前：You're so greasy.

更正後：You're so cheesy.

Tip 食物油膩是greasy，若是覺得人、想法或是話語很俗氣時，要用 cheesy。

#29
我醉了。

更正前：I am drunken.

更正後：I am drunk.

Tip drunken 通常不會單獨使用，而會放在名詞前面。例：Drunken Tiger, drunken father。

#30
這棟大樓很高。

更正前：This building is high.

更正後：This building is tall.

Tip tall 一般是用來形容人、建築物，以及會長高的物體，而 high 則是指高山或離地面有一段距離的物體。

隨機複習

根據下列情境，開口大聲練習看看。

1. 閒閒沒事，打電話給朋友說：「來玩吧！」

2. 稱讚異性朋友的外貌，卻讓對方以為喜歡自己，所以慌張地說：「不要誤會！」

3. 肚子很餓時，看到弟弟獨自把炸雞吃完，帶著羨慕的眼神說：「這個好吃嗎？」

4. 對自己外貌變化完全沒感覺的男友悶悶地說：「我變瘦了！」

5. 搭訕以前沒見過的漂亮女生時，油腔滑調地說：「我們以前有見過嗎？」

6. 也許很受歡迎的她今天沒有約會，因此試著問說：「妳有約了嗎？」

7. 晚上想吃雞爪，正好朋友買了雞爪和啤酒過來，因此驚訝地說：「我起雞皮疙瘩了。」

8. 雖然變胖，但男友卻不懂察言觀色說自己變胖，因此生氣地說：「你好惡劣！」

9. 朋友在連腳踏車也沒有的自己面前炫耀跑車，因此不耐煩地說：「你很厲害嘛！」

10. 因告白被拒絕而感到沮喪時，裝作好像喝得很醉地說：「我喝醉了。」

參考答案 | 1. Let's hang out! | 2. Don't get me wrong!
| 3. Is it good? | 4. I've lost weight!
| 5. Have we met? | 6. Do you have any plans?
| 7. I got goose bumps. | 8. You'e so mean.
| 9. Show off! | 10. I'm drunk.

Bonus

2

🎧 MP3/096

乾脆記起來比較快的句子
BEST 30

#1
我只是說說……

I'm just saying...

 說錯話覺得尷尬時。

#2
不可能！

No way!

 比 "No！" 更強烈的語氣。

#3
拜託！/ 噢！真是的！

For Christ's sake!

 不耐煩 / 感到非常厭煩時。

#4
你知道我在說什麼嗎？

You know what I'm saying?

 比起確認對方是否理解，更常用於尋求同意時。類似一種口頭禪。

#5
這就是我想說的！

That's what I'm saying!

 對對方的話表示非常贊同時。

#6
我就說！

I know!

Tip 與 #5 相同意思。發音時強調 know 的音。

#7
你是認真的嗎？

Are you serious?

Tip 比 " Realy? " 語氣更為強烈。

#8
你變了。

You've changed.

Tip 因為目前已經是「改變了」的狀態，因此用 have p.p。

#9
誰知道呢？

Who knows?

Tip " You never know.（你不會知道）" 也是相同的意思。

#10
我告訴過你了。

I told you!

Tip " What did I tell you?
（我告訴過你什麼？）" 也是相同的意思。

#11
啊！我錯了！

My bad!

Tip 比 " My mistake ！" 更偏向俚語。

#12
怎麼會！？

How come!?

Tip " Why?" 和 " Why not?" 都有荒唐的意思。例：朋友突然說不能來聚會時。

#13
當然！

No doubt!

Tip 比 " Of course!" 更偏向俚語。

#14
我同意你。

I hear you.

Tip you 經常會發音成 ya。

#15
我看得出來。

I can tell.

Tip tell：分辨、看出來
例：朋友帶著浮腫的眼睛說晚上吃了泡麵時。

#16
看得出來嗎？

Can you tell?

Tip 這是 #15 的應用。
例：朋友看出來自己做了雙眼皮時。

#17
全年無休。

24/7

Tip 唸法是 twenty four seven。
直譯是「24 小時、持續 7 天」。

#18
簡直不用錢！

It's a steal!

Tip 直譯是「簡直跟偷來的沒兩樣」。

#19
我們說的是同一
件事嗎？

Are we on the same page?

Tip 感覺彼此的談話牛頭不對馬嘴時。

#20
我是窮光蛋。

I'm broke.

Tip broke 是形容破產。

#21
試一次看看！

Give it a try/a shot/a whirl!

Tip "Try it！"也是相同的意思。

#22
別相信我。

Don't take my word for it.

Tip 表示我的話不一定是正確答案。

#23
你瘋了嗎？

Are you nuts?

Tip nuts 是 crazy 的俚語。

#24
這是敲詐。

That's a rip-off.

Tip 表示敲竹槓。

#25
誰說的？

Says who?

Tip 與"Who says that?"意思相同。

#26
我就知道。

I knew it.

Tip 表示已經有預感。

#27
不要太魯莽。

Don't go overboard.

Tip 也可用在正面勸告不要太逞強。

#28
幫我一個忙。

Do me a favor.

Tip 別再只會用 "Please." 了。

#29
天啊！

Holy cow!

Tip 再粗魯一點的俚語是 "Holy shit!"

#30
見好就收。

Quit while you're ahead.

Tip 直譯是「站在前面時就停止。」

根據下列情境，開口大聲練習看看。

1. 朋友抱怨常去的麵店給的份量愈來愈少，對此深表同感地說：「我就說！」

2. 原本一天打 20 次電話的男友現在只打一兩次，因此憤怒地說：「你變了！」

3. 鼓起勇氣向暗戀的超級美女告白，想說：「誰知道呢？」

4. 對著用 $40 買了原本 $20 的牛仔褲還非常高興的朋友說：「這是敲詐呢！」

5. 對明知我也是窮光蛋還向我要錢的弟弟說：「我是窮光蛋啊！」

6. 向只用 $2 就買到了 $10 的口紅的朋友稱讚地說：「簡直不用錢！」

7. 金課長罵了自己也討厭的部長，忍不住對他點頭說：「我同意你。」

8. 開學後被朋友發現自己變瘦，裝蒜似地說：「看得出來嗎？」

9. 朋友交了女友並說只剩下我是單身，對此不承認地說：「不可能！」

10. 朋友丟掉我喜歡的沾醬，對此生氣地說：「你瘋了嗎？」

參考答案

1. I know!	2. You've changed.
3. Who knows?	4. That's a rip-off!
5. I'm broke.	6. It's a steal!
7. I hear you.	8. Can you tell?
9. No way!	10. Are you nuts?

Bonus

3

🎧 MP3/097

這種人用英文要怎麼說呢？

BEST 15

#1
掃興的人

Party Pooper

Tip 直譯是「在派對上大便的人」。

#2
愛出主意的人。

Backseat Driver

Tip 意思是坐在副駕駛座或後座，用嘴巴指揮該怎麼開車的人。

#3
平凡不過的普通人

Average Joe（男）
Average Jane（女）

Tip 類似小明、小美之類的普遍名字。

#4
小氣鬼

Cheap Ass

Tip 帶有低俗意味，經常使用於下面的句子。
例：You're so cheap!（你好小氣！）

#5
膽小鬼

Chicken

Tip 一般當作形容詞使用。
小心男性通常對這個單字很敏感。

#6
媽寶

Mama's Boy

 強調不是Mama，是Mama's。
若是女性，就說，Daddy's Girl.

#7
能改變遊戲規則
的重要人物

Game Changer

 也可用來形容表現突出自我、能扭轉局面的
人。

#8
學人精

Copycat
Wannabe

 無法自己創造，總是模仿他人的人。

#9
暗箭傷人的人

Backstabber

 裝作很親切，卻在背後捅一刀的人。

#10
愛生氣的人

Sourpuss

 對每件事都不滿＋容易發脾氣＋24 小時鬧彆扭
的人。

#11
最好的新郎人選

Mr. Right

Tip 若是最佳的媳婦人選，就是Ms.Right。

#12
一直躺在沙發上
的人

Couch Potato

Tip 只喜歡一整天躺在沙發上看電視，不愛運動、
沒有任何興趣的人。

#13
欠揍的臉

Punchable Face

Tip 看了就想打人的臉。

#14
好讚！

The Boss

Tip 不分男女都可使用。

#15
小寶貝

Pumpkin

Tip 大人對孩子充滿疼愛的暱稱。

每天使用頻率破億次！外國人公認最常用的英語會話就這些！

作　　者：Eugene G. Baek
譯　　者：陳盈之
企劃編輯：王建賀
文字編輯：江雅鈴
設計裝幀：張寶莉
發 行 人：廖文良

發 行 所：碁峰資訊股份有限公司
地　　址：台北市南港區三重路 66 號 7 樓之 6
電　　話：(02)2788-2408
傳　　真：(02)8192-4433
網　　站：www.gotop.com.tw
書　　號：ALE002700
版　　次：2019 年 05 月初版
建議售價：NT$299

國家圖書館出版品預行編目資料

每天使用頻率破億次！外國人公認最常用的英語會話就這些！ / Eugene G. Baek 原著；陳盈之譯. -- 初版. -- 臺北市：碁峰資訊, 2019.05
　面 ;　公分
　ISBN 978-986-502-132-0(平裝)
　1.英語　2.會話
805.188　　　　　　　　　　　　　　108006688

讀者服務

- 感謝您購買碁峰圖書，如果您對本書的內容或表達上有不清楚的地方或其他建議，請至碁峰網站：「聯絡我們」\「圖書問題」留下您所購買之書籍及問題。(請註明購買書籍之書號及書名，以及問題頁數，以便能儘快為您處理)
http://www.gotop.com.tw

- 售後服務僅限書籍本身內容，若是軟、硬體問題，請您直接與軟、硬體廠商聯絡。

- 若於購買書籍後發現有破損、缺頁、裝訂錯誤之問題，請直接將書寄回更換，並註明您的姓名、連絡電話及地址，將有專人與您連絡補寄商品。